'इब्तिदा'

(कवितायेँ एवं शायरियां)

आकाश डडवाल

'ग़ज़ल'

Book *Squirrel* **Publication**

<u>परिचय</u>

आकाश डडवाल 'ग़ज़ल' 20 वर्षीय युवा कवि हैं | वह अमृतसर के रहने वाले हैं और वर्तमान समय में डी.ए.वी कॉलेज अमृतसर के छात्र हैं | वह स्वभाव में शालीन और लेखिकी में संपूर्ण रूप से मथे हुए लेखक हैं | उनकी लेखनी में रुचि वर्ष २०१३ से है, वह बेहद कम उम्र से ही जीवन के अनुभवों को कागज़ पर

उतारने का हुनर रखते हैं। वह एक अच्छे शायर होने के साथ-साथ अच्छे इन्सान भी हैं। उनके लेखन के सफ़र में उनके पाठकों का काफी साथ रहा है। वह हमेशा ही दिल की करीबी बातों को लिखते हैं जो दूसरों के दिल से जुड़ जाती हैं। इस उभरते हुए लेखक का परिश्रम आपको पसंद आएगा, ऐसी कामना रहेगी।

‘इब्तिदा’

विशेष आभार

पुस्तक के कार्य को सकुशल संपन्न करने में महत्वपूर्ण योगदान देने के लिए मैं इन सभी का धन्यवाद करता हूँ कि इन्होने अपना सहयोग मुझे दिया |

- ज्योति डडवाल

- मुलख राज

- चंचल देवी

- लक्ष्य शर्मा

- रोबिन कुमार

इन सब के अतिरिक्त भी कुछ लोग हैं जिनका सहयोग मुझे हर पड़ाव पर मिला है | जिनमें मेरे अध्यापक व शुभचिंतक शामिल हैं, जिन्होंने हमेशा ही मेरा मार्गदर्शन किया है |

'इब्तिदा' क्या है ?

'इब्तिदा' का सरल शब्दों में अर्थ होता है 'आरंभ' | यह पुस्तक मेरी पहली स्वरचित पुस्तक है, जिसमें मैंने अपनी सर्वश्रेष्ठ रचनाओं को स्थान दिया है | साहित्य की इस विशाल दुनिया में यह पुस्तक मेरा पहला कदम है | इस पुस्तक के माध्यम से मैंने अलग-अलग प्रकार की भावनाओं को व्यक्त किया है | इनमें से कुछ रचनाएँ मेरे साथ किसी न किसी माध्यम से जुडी हुयीं हैं और कुछ रचनाओं को मैंने अपनी कल्पना के ज़रिये रूप दिया है | मुझे पूरी उम्मीद है मेरा काम आप लोगों को पसंद आएगा |

‘इब्तिदा’

-आकाश डडवाल ‘ग़ज़ल’

सूची

कवितायेँ

‘इब्तिदा’

मैं सोता नहीं हूँ.....!!

आँखें बंद करता हूँ,

मगर सोता नहीं हूँ;

चाहे हों हजारों सितम ,

आँसू बहा कर रोता नहीं हूँ;

होकर सवार झूठ की कश्ती पर,

मैं रिश्तों की नाव डुबोता नहीं हूँ;

तय है लक्ष्य मेरे जीवन का, दुनिया की

बातों से भ्रमित होता नहीं हूँ;

चाहे बंद भी हो जाएँ आँखें मेरी,

लेखक हूँ साहब!! सोता नहीं हूँ ||

1

सिलसिला रोज़ यही चलता है....!!

कभी गर्म सतह पर बिलखती,

पानी की बूँद की तरह मैं;

किसी से बिछड़ने का गम किसको,

देखूं रोज़ खुद की खुद से बिरह मैं;

ग्रीष्म ऋतु में बारिशों को,

ढूँढने यूँ ही निकल पड़ता मैं;

पहन कर मुखौटा मुस्कुराहटों का,

अपने अन्दर खुद ही से लड़ता मैं;

सिलसिला रोज़ यही चलता है,

रोज़ कपड़े की सिलवट - सा उलझता मैं;

पाँव रख देता हूँ धधकते कोयले पर,

'इब्तिदा'

वक़्त के मरहम को इस्तरी समझता मैं;

निहारता हूँ हर घड़ी,

उस घड़ी को हार कर मैं;

‘इब्तिदा’

2

गर सूर्य को अस्त होना ही है,

क्या करूँ फिर इसे निहार कर मैं;

हालातों से झगड़ता हूँ,

मगर कहाँ रुकता हूँ;

पानी के बुलबुलों- सा,

रोज़ बनता-मिटता हूँ;

काल की तपिश नाकाफी सी है,

बेशक राख बन जाता हूँ मैं;

यूँ ही नहीं निखर कर आई

चमक मेरी लिखावट में.....

मेहनत की आग में खुद को तपाता हूँ मैं ।।

3

जीना ही मुक्ति है...!!

मेरी हर शायरी में ज़िन्दगी धड़कती है,

जिसमें ज़िक्र मेरे नाम का,

जिसमें फ़िक्र मेरे काम का;

हर कोशिश नई गलती है,

और कोशिशें जब भी रंग लायें....

यही बात औरों को खलती है;

जिसे पूरी उम्र आकाश भी न रोक सका,

प्राण निकले तो ज़मीन ने कुछ यूँ जकड़ लिया;

रूह उड़ती गयी फ़लक की ओर,

मिट्टी के पुतले को खुद मिट्टी ने पकड़ लिया;

'इब्तिदा'

यही मिट्टी गवाह है सिकंदर के ज़मींदोज़ होने की,

फिर ज़िन्दगी पर अपनी गुरूर कैसा है;

विष पिलाती है दुनिया घूँट पानी का कह कर,

जो मेरे लिए अब मदिरा के सुरूर जैसा है;

'इब्तिदा'

4

ज़िन्दगी का मज़ा तो इसे जिए जाने में है,

कट तो फिर भी जाती है बातों से,

भावनाओं की नमी बेहद ज़रूरी है ज़िन्दगी में,

वर्ना रेत भी सूखी हो तो फिसल जाती है हाथों से;

यह दुनिया भी सच में कितनी निराली है,

बटुए सब के भरे, दिल सभी के खाली हैं;

हिम्मत छोटी हो मुसीबत से,

फिर भी कहाँ झुकती है;

लोग सुकून ढूँढते हैं मृत्यु के बाद,

मेरे लिए जीना ही मुक्ति है;

बस ज़िन्दगी से द्वंद्व खत्म होने की देर है,

ठंडा पड़ जायेगा जिस्म, जम गया तब रक्त होगा;

'इब्तिदा'

फिर देह में न हिम्मत बचेगी,

न ही उठने का वक़्त होगा ||

5

मैं कवि हूँ...!!

मैं चाहूँ तो सूरज को धरती के माथे की बिंदिया कह लूँ,

मैं चाहूँ तो ख़्वाबों की दुनिया बसा कर बस उसी में रह लूँ;

मैं चाहूँ तो सितारों की चादर बुनकर आकाश के बिस्तर पर बिछा दूँ,

मैं चाहूँ तो इन्द्रधनुष के सातों रंग,

नीली स्याही से दुनिया को दिखा दूँ;

मैं चाहूँ तो प्रेम की परिभाषा बदल दूँ,

कलम से खेल कर, दर्द की भाषा बदल दूँ;

पल-पल ज़िन्दगी का हिसाब दे डालूँ,

‘इब्तिदा’

पन्ने की बात, पंक्तियों में कह डालूँ;

ख़्वाबों के बादलों की सवारी भी करूं,

मैं अपने ही जनाज़े की तैयारी भी करूं;

बिन मोतियों के शब्दों की माला पिरोदूँ,

ख़ुश दिखने के लिए बिन आंसुओं के रो दूँ;

6

हर ज़ख्म का मरहम पता है मुझे,
सीने में दबा लूँ अगर खता है मुझे;

शब्दों के बाणों से घायल मैं कर दूँ,
गैरों को भी खुद का कायल मैं कर दूँ;

मेरे शब्दों में दिखती शराफ़त बड़ी है,
मगर छोटी- सी कलम में ताक़त बड़ी है;
शराबी या आशिक हूँ, ये ज़रूरी नही है,
लिखता हूँ शौंक से, मेरी मज़बूरी नहीं है;

मैं कवि हूँ!! जो चाहूँ लिख सकता हूँ,
किसी से मशवरा ज़रूरी नहीं है ||

7

किसी ने बताया ही नहीं....!!

जानते थे सब कि अँधेरा बहुत है,

सुबह कब होगी किसी ने बताया ही नहीं;

झूठ बिकता रहा बाज़ारों में,

सच खरीदने कोई आया ही नहीं;

सैकड़ों ने मिलकर व्हाट्सऐप ग्रुप बना लिया,

चार लोगों से परिवार जुड़ पाया ही नहीं;

नींद से तो रोज़ उठ जाता है इन्सान,

इंसानियत को किसी ने जगाया ही नही;

छप्पन भोग बने हैं आज फिर रईसों के घर,

गरीब को किसी ने खिलाया ही नहीं;

धोयी जा रहीं हैं गाड़ियाँ कहीं पर,

'इब्तिदा'

कहीं हैंडपंप में पानी आया ही नहीं;

21

डाला था दाना कल छत पर मैंने,

चुगने को परिंदा कोई आया ही नहीं;

8

ऊँचे तो खूब हैं ये कंक्रीट के वृक्ष,

मगर गाँव जैसी घनी इनकी छाया ही नहीं;

पुष्प अर्पित हो रहे हैं नामियों की समाधि पर,

'कलाम' के लिए मकबरा भी बनाया ही नहीं;

हो गये कुर्बान जो वतन की मिट्टी पर,

उन वीरों का क़र्ज़ किसी ने चुकाया ही नहीं;

आज रस्ते पर मिलते हैं दुश्शासन हजारों,

कुंती ने कर्ण दोबारा बनाया ही नहीं;

आज फिर वस्त्र हरे गये द्रौपदी के,

बचाने कोई, सुदर्शन लेकर आया ही नहीं;

मैं शामिल हुआ सब के दुखों में,

अपनी ख़ुशी में किसी ने बुलाया ही नहीं;

'इब्तिदा'

सब करते रहे प्रचार धर्मों का,

नफरत की आग को किसी ने बुझाया ही नहीं;

9

चेहरों से होती है मोहब्बत आज-कल,

रूहों से इश्क़ कोई कर पाया ही नहीं;

मजारों में चिराग, जलती हवनों की आग,

मस्तक की मशाल को किसी ने जलाया ही नही;

जिस्म लिपटा रहेगा महँगे कपड़ों में,

इस भ्रम में कफ़न किसी ने सिलाया ही नहीं;

कई जंगें जीत ली हैं चाहे इंसान ने,

मौत के सामने टिक पाया ही नहीं;

दौड़ लगी है सबसे बड़ा बनने की,

'ग़ज़ल' नाम उस फेहरिस्त में आया ही नहीं;

लिख डाला है, पढ़ लेना........

मगर ये न कहना कि बताया ही नहीं ||

10

स्वाद ज़िन्दगी का...!!

छप्पन भोग- सी तो नहीं मगर,

एक छोटा- सा निवाला है;

ज़िन्दगी मैंने चखी है,

स्वाद बहुत ही निराला है;

लड्डू, कभी रसमलाई

कभी तीखा गरम मसाला है;

खुशिओं की मिठास आते ही,

अक्सर ग़मों ने खलल डाला है;

यहाँ मनमर्जी का नहीं परोसा जाता,

'इब्तिदा'

जो बोया है, वही निवाला है;

यही ज़िन्दगी है, दीये तले अँधेरा...

और अंधेरों में भी उजाला है;

11

कोई ढाल नहीं जो बचा सके,

ज़िन्दगी फेंकती हर पड़ाव पर भाला है;

लड़खड़ाने की आदत अब नहीं रही,

यहाँ तक जो खुद को संभाला है;

हाँ!! ज़िन्दगी मैंने चखी है....

स्वाद बहुत ही निराला है||

12

पेंट फीका पड़ गया...!!

संस्कारों का पेंट फ़ीका पड़ते ही,

रिश्तों को ज़ंग लगने लगा है;

आती थी कभी खुशिओं की हवा जहाँ से,

वो दरवाज़ा भी अचानक तंग लगने लगा है;

न जाने क्या हुआ इन्द्रधनुष से समाज को,

सात रंग होते हुए भी बेरंग लगने लगा है;

पास बैठे इन्सान की कद्र नहीं, मगर

मोबाइल स्क्रीन के उस पार वाला अब संग लगने

लगा है;

रह गये हैं रिश्ते कच्चे धागों से बंधकर,

'इब्तिदा'

उनका वजूद कटी पतंग लगने लगा है;

पास रहकर भी बढ़ते जा रहे हैं फासले,

भौतिकी खुशियाँ, जीने का ढंग लगने लगा है........

संस्कारों का पेंट फीका पड़ते ही रिश्तों को ज़ंग
लगने लगा है ||

13

'शहीद'

पुरानी किताबों को संदूक से निकाल लहू के धब्बों को

सुखाना चाहा, आज़ादी की धूप में;

उम्मीद नहीं थी भारत के वीरों का नाम लिखा होगा,

हर पन्ने पर 'शहीद' के रूप में;

खून की कीमत क्या है ? उनसे पूछो,

जो जंग में यूँ ही बहा देते हैं;

मौत लिखा रहता है जिस लोहे के छर्रे पर,

मुस्कुराते हुए उसे सीने से लगा लेते हैं;

'इब्तिदा'

मैं पढ़ता गया संग्राम की कहानियाँ,

निडरता के साये में, आज़ादी की धूप में;

भावुक हुआ, जब भी पढ़ा उनका नाम

शहीद के रूप में;

'इब्तिदा'

14

सिर्फ सरहद पर गोली ही नही,

हमारी हर ख़ुशी की कीमत भी चुकाता है शहीद;

कोई वतन को उसके जहन्नुम न बनादे,

इसलिए खुद कब्र बन जाता है शहीद ||

15

' मंदिर-मस्जिद '

कुछ उलझे हैं मंदिर बनाने में,

कुछ व्यस्त हैं मस्जिदें सजाने में;

लेकिन मंदिर के बाहर बैठा व्यक्ति तो भूखा लगता है,

पुजारी ने देर क्यों करदी प्रसाद खिलाने में ??

चिरागों से रोशन मजारें तो हैं,

फिर जिहाद वयों फैला रहे हैं मौलवी जी ज़माने में ??

बड़े अमीर नज़र आते हैं मंदिरों वाले भगवान,

पर गरीब के लिए क्यों नही कुछ खजाने में ??

'इब्तिदा'

मस्जिदों में संगमरमर पर खूब लुटाया जाता है,

तो हर्ज़ क्या है कौम की भलाई पर लुटाने में ??

खुदा हम सब में है, कोई फर्क नहीं उसके ठिकाने में;

फिर भी कुछ उलझे हैं मंदिर बनाने में,

कुछ व्यस्त हैं मस्जिद बचाने में ||

16

'राम' आने वाले हैं...!!

चंद पलों की खुशियों की कीमत,

अगली पीढ़ी अपनी साँसों से चुकाएगी;

न जाने कब तक चुप रहेगी ये कुदरत,

वक़्त आने पर कैसा कहर बरपाएगी;

पटाखे बनाकर इन्सान तो कई लाख कमा रहा है,

कोबरा के विष- सा धुआँ फेफड़ों को राख बना रहा
है;

परत दर परत धुआँ,

बादलों का वर्चस्व कमज़ोर पड़ा है;

'इब्तिदा'

सहमे से परिंदे भी कह रहे हैं,

आज इंसानों की बस्ती में शोर बड़ा है;

राम आने वाले हैं,

इसी ख़ुशी में सब पटाखे चला रहे हैं,

17

रावण भी देख कर हंस रहा है,

कि मनुष्य अपनी लंका खुद जला रहे हैं;

मिट्टी के दीयों से तेल गायब है,

अब दीये भी प्लास्टिक के बिकने लगे हैं;

आलम ये है, हम खुद कलम हाथ में लिए...

अपने विनाश की कहानी लिखने लगे हैं ||

18

' घर वापसी '

वो आने वाला है आज महीनो बाद घर वापिस,

ज़िन्दगी का मकसद पूरा करना है....ऐसा कह कर
गया था;

माँ उदास थी, छुट्टी कम जो है इस बार,

पिछली बार तो फिर कुछ महीने रह कर गया था;

पापा ने भी कर ली तैयारी स्वागत की, गाजे-बाजे
से,

बस पहुँचने ही वाला होगा कह दिया अंदाज़े से;

एक जीप पहुंची तभी शव लेकर,

रख दिया ला कर दरवाज़े पे;

'इब्तिदा'

अश्रु फूट पड़े आँखों से,

जब कफ़न हटा जनाज़े से;

कल राष्ट्रीय सम्मान के साथ उसका अंतिम संस्कार
होने वाला है,

चिराग के बुझने के बाद अन्धकार होने वाला है;

19

अब कहाँ उस घर में

माँ को किसी का इंतज़ार रहता है;

बूढा बाप भी

बेटे की शहादत के बाद बीमार रहता है;

घर की चार दिवारी में

बस ग़म की जंजीरें मिलतीं हैं;

माँ के सिरहाने टंगी,

'वीर' की तस्वीरें मिलतीं हैं;

दुश्मनों से जीत कर,

वो मौत से मात खा कर आया है;

'इब्तिदा'

आखिरकार उसने देश का क़र्ज़,

व्याज समेत लौटाया है;

अगले जन्म में फिर फौजी ही बनेगा,

भारत माँ की सौगंध खा कर आया है ||

20

' गुलज़ार की ग़ज़ल '

इश्क़ उन्हें भी है,

प्यार हम भी करते हैं;

इसीलिए वो रोज़,

सितम भी करते हैं;

हम चाहे गलती कर लें,

वो गुस्सा कम ही करते हैं;

हमें मौत क्या मारेगी ?

हम तो उनकी मुस्कुराहट पर मरते हैं;

उन्हें अक्सर मेरी चिंता रहती है,

अपनी फ़िक्र करने से पहले;

हम भी सरेआम मुस्कुरा देते हैं,

'इब्तिदा'

उनका ज़िक्र करने से पहले;

43

सितार की धुन भी बेकार लगती है,

उनकी आवाज़ में इतनी मिठास ज्यादा है;

‘इब्तिदा’

21

वो रहती तो हैं मुझसे कोसों दूर,

उनकी मोहब्बत मगर दिल के पास ज्यादा है;

बातें उनकी मेरे दिल को ऐसे ठंडक पहुँचाती हैं,

जैसे बर्फ़ लाश को सड़ने से बचाती है;

बंदिशों में जकड़ी, मेरे इश्क़ में आज़ाद परिंदा हो
जाती हैं,

जब-जब हालातों ने मारा है मुझे...

तब-तब वो मुझमे जिंदा हो जाती हैं;

उन्हें लफ्ज़ नही चाहिए,

हर बात आँखों से कहती हैं वो;

उनके दिल में घर तलाशता मैं,

मेरी धड़कन के बगल में रहती हैं वो;

'इब्तिदा'

हर मंदिर, दरगाह पर वो मेरे लिए दुआ सलाम
लिखती हैं,

मेरी कलम भी उनकी गुलाम, सिर्फ उन्हीं का नाम
लिखती हैं;

उनकी जुबां से मेरा नाम अक्सर 'गुलज़ार' निकलता
है,

मेरे होठों से भी लफ्ज़ 'ग़ज़ल' हर बार निकलता है;

22

हम दोनों की मोहब्बत सबूतों-गवाहों की मोहताज़
नहीं है,

राधा-कृष्ण बीता हुआ कल थोड़ी थे, जो आज नहीं
हैं;

खेल नसीबों का होता तो वो मेरे पास

खुद चलकर आते,

उन तक पहुँचने का खुद रास्ता बनाया है हमने;

हमारे इश्क़ की जलती उस मशाल को देख कर

कुछ लोग जला करते हैं....

जिसे रोशन करने के लिए रोज़ खुद को जलाया है
हमने;

आशिकों के लिए ताज महल सिर्फ मज़ार नहीं है,

रूहों को परे रख जिस्मों को चाहे वो सच्चा प्यार

'इब्तिदा'

नही है,

जो भी कोई चाहे हमें शायर पुकार ले....

'आकाश' हर किसी के लिए गुलज़ार नही है ||

23

'रावण'

मिनटों में जल जायेगा पुतला उसका,

चमकेगा बदन पटाखों से;

आज फिर त्रेता का रावण जलेगा,

कलयुगी रावण के हाथों से;

पर कैसे जलेगा अन्दर का रावण,

जो सीता को हर लेता आँखों से;

कलयुग का रावण कलि है पूरा,

जन्मा है लंका की राखों से;

शक किसे था रावण की भक्ति में,

राम कहाँ आज? मिले

रावण हर व्यक्ति में;

‘इब्तिदा’

मंचों पर रामलीला, निकलती झांकी है,

किसी के अन्दर मगर राम कहाँ बाकी है?

त्रेता का रावण तब कलि से हारा था,

कलयुगी रावण ने जब निर्भया को मारा था;

24

कहीं सीता है शोषित, कहीं मार खाती है,

कोई तेजाब में जल कर ज़िन्दगी हार जाती है;

इन्सान के घमंड के जैसा है शायद,

मार कर, दोबारा बनाया जाता है;

एक बार जलने पर भी जलता नहीं,

इसलिए तो हर साल जलाया जाता है ||

25

'कलम मेरी'

मैं जब-जब हालातों का शिकार हुआ,

संजीवनी की तरह दवा बनी....

कलम मेरी !!

जब-जब मेरी खुशियों पर ग़मों का वार हुआ,

ढाल बनकर साथ चली....

कलम मेरी !!

मुझे जिस वक़्त अंधेरों से डर लगा,

खुद जलकर मशाल बनी....

कलम मेरी !!

'इब्तिदा'

जब मुझे मुकद्दर से तमाचा पड़ा,

आगे आकर मेरा गाल बनी....

कलम मेरी !!

26

जब इसकी स्याही को कागज़ पर उतारा,

शायरों की महफ़िल में शान बनी....

कलम मेरी !!

मैं कह सका जब जज़्बात अपने,

शब्दों से कहकर महान बनी....

कलम मेरी !!

आंसू टपके जब आँखों से मेरी,

उन्हें भाप बनाकर शायरी बना गयी...

कलम मेरी !!

इसे पता है हर लम्हा लिखने की आदत है मुझे,

मेरे ख्यालों को पन्नों पर उतारकर डायरी बना
गयी...

कलम मेरी !!

27

ज़हरीली क़लम

ज़हर उगल रही है क़लम आज - कल,

कुछ दिन पहले ही इसने धोखा निगला है;

पहले तो घिसने पर भी नहीं चलती थी, लेकिन

अभी इसकी स्याही से एक पत्थर पिघला है;

डर लग रहा है हथेली कहीं नीली न हो जाए,

कोशिश कर रहा हूं किताब मेरी ज़हरीली न हो जाए;

सभी पन्नों को मैंने अश्कों से धोया था,

उसके इश्क़ के तिलिस्म में वजूद अपना खोया था;

भयानक एहसास होता है प्यार के रिश्तों में कलह
होना,

'इब्तिदा'

जुदाई दर्द तो बहुत देती है....

मगर असहनिय है वजह होना;

बेईमान इश्क़ उसका, इल्ज़ाम मुझ पर आया था,

घाव तो बहुत पुराने थे....

उसने तो बस थोड़ा नमक लगाया था;

सब बोलते हैं, समझौता कर लेते ना, क्यों

जल्दबाजी में बरसों पुराना रिश्ता गंवाया था ?

कुछ और मांग लेती तो दे देता,

उसने तो सट्टा ही मेरी मौत पर लगाया था;

सांस लेना भी नागवार था,

घुटन में कैसे जी लेता मैं?

'इब्तिदा'

इंसान हूं, शिव नहीं,

इतना ज़हर कैसे पी लेता मैं ??

फूल गुलाब का उसने अपने पास रख लिया,

राहें कांटों से भरी थीं, उसने चुनी ही नहीं;

सुन लिया शोर उसने जहान भर का,

मेरी सिसकियां मगर उसने सुनीं ही नहीं;

हर कटघरे में जगह मिली,

मुझे फरेबी इल्ज़ामों के लिए;

उसने दुआ की मेरा हश्र बिगड़ने की,

फज्र रोज़ पढ़ी मैंने उसकी मुस्कानों के लिए;

'इब्तिदा'

रोज़ सिगरेट जलायी,

सब काम किए जो बने थे बदनामों के लिए;

हालात ज़िम्मेदार थे मेरे शराबी होने के,

वर्ना मैं बना नहीं था मयखानों लिए;

ज़हर उतर चुका था ज़हन में इतना,

कि हवा में भी दम घुटने लगा था;

पेंसिल से कागज पर लिखें हों जैसे,

मैं तो पुराने लफ़्ज़ों -सा मिटने लगा था;

उसे तकलीफ नहीं थी,

शायर 'ग़ज़ल ' की हस्ती से;

बस रहना रास न आया उसे,

'इब्तिदा'

इस फकीर की बस्ती में;

अब आती नहीं याद उसकी,

भूल से भी भूल कर,

दिल की अक्ल ठिकाने आ गई,

उसके इश्क़ का फंदा झूल कर;

बहुत रह लिया, अब कहां उदास रहता हूं ?

मैं अब क्षितिज के उस पार,

सितारों के पास रहता हूं;

लेकर हाथों में कलम कोबरा सी,

इस ज़हर से अब कहर बरपाता हूं;

टूटे सितारे सी थी शख्सियत मेरी,

अब शायर 'ग़ज़ल 'नाम से जाना जाता हूं !!

59

शायरी

28

'जन्नत की औकात'

धड़कन तो है, मगर साँस नही है;

जुबां भी है, मगर आवाज़ नहीं है;

उसकी आँखों की गहराई,

समंदर का भी ऐसा मिजाज़ नहीं है;

काली घटाएं फिरदौस कीं,

इतनी भी कुछ ख़ास नहीं हैं;

तू है, तो है खुबसूरत जहन्नुम भी....

बिन तेरे जन्नत की भी औकात नहीं है !!

'खेल'

ज़िन्दगी ने ऐसे खेल खेले हैं,

जो महफिलों की शान थे कभी...

आज न जाने क्यूँ अकेले हैं ??

29

'मुलाक़ात'

यूँ न देख कर तुम सर झुकाया करो,

चाहे तो आँखों ही आँखों में,

दिल की बात बताया करो;

माना वक़्त कम रहता है तुम्हारे पास……

तो चलो सपनो में ही मिल जाया करो !!

'लिखावट'

अक्षरों की लय,

पंक्तियों की सजावट बदल गयी;

स्याही की जगह आँसुओं से लिखा…

उसी पल से लिखावट बदल गयी !!

30

'सैलाब'

मेरी आँखों में आया सैलाब है वो,

कभी न पूरा होने वाला ख्वाब है वो,

खुशबू से ही दिलों में आग लगा दे....

इत्र की बोतल में बंद तेज़ाब है वो !!

'फ़क़ीर'

हमारे मुक्क्दर में लिखी बस एक ही कहानी है,

हमे तो दर-दर की ठोकरें खानी हैं,

हमें कहाँ मलमल नसीब होगा.....

ऐशो-आराम तो रईसों की निशानी है !!

31

'**मर्ज़**'

जिनकी नहीं मानी,

उनके लिए खुदगर्ज़ हूँ मैं,

जिन्होंने मेरी सुनी...

उनके हर ज़ख्म का मर्ज़ हूँ मैं !!

'**घर का पता**'

रास्ता हमारे घर का भटक मत जाना,

कभी आना हो तो,

जहाँ 'आकाश' रहा करता था...

आज एक शायर का ठिकाना है वो !!

32

'तज़ुर्बा'

बहुत कुछ सीखा है ज़िन्दगी से,

थोड़ा किताबों से, कुछ इन्टरनेट ने सिखाया है,

मगर वो किसी किताब में नहीं मिला....

जो पाठ तजुर्बे ने पढ़ाया है !!

'शायरी बन गयी'

मेरी तन्हाई कागज़ पर उतरी,

हर नज़्म शायरी बन गयी,

अद्भुत कहानियों से भरी मेरी ज़िन्दगी.....

हजारों पन्नों की डायरी बन गयी !!

33

'कहानी'

जब तक है इसका लुत्फ़ उठाओ,

फिर लौट कर कहाँ आनी है,

कलम उठाओ, हर पन्ने पर खुशियाँ लिख दो...

ज़िन्दगी आप ही की लिखी कहानी है !!

'दुआ'

जिस दिन कायनात ढेरों खुशियाँ आपके नाम कर
गयी,

समझना मजारों पर माँगी मेरी हर दुआ काम कर
गयी !!

‘इब्तिदा’

‘हार-जीत’

बात महज़ प्यार या नफरत की नही,

हार और जीत की है,

तुम रोई तो मैं हारा...

मैं रोया, तो तुम जीती !!

34

'क़ुसूर'

न जुर्म बदला,

न क़ुसूर बदला,

गुज़रती गयी ज़िंदगी जैसे-जैसे....

मेरा नज़रिया ज़रूर बदला !!

'हौसला'

मेरा हौसला अगर मुसीबतों से बड़ा न होता,

हार मान कर ज़िन्दगी से मैं लड़ा न होता,

कब का कुचल दिया होता ज़माने ने मुझे.....

अगर गिर कर दोबारा मैं खड़ा न होता !!

35

'बसेरा'

भर आयीं हैं आँखें,

शायद इन्हें कुछ कहना है,

पलकों पर आँसू ठहरे हैं......

कह रहे हैं इन्हें यहीं रहना है !!

'किनारे बदल गये'

रुख किया हवाओं ने आकाश की तरफ,

सूरज जम गया, सितारे पिघल गये,

मुद्दतों बाद मझधार से ज़मीन नज़र आई...

समंदर वहीँ रहे मगर किनारे बदल गये !!

36

'दिनचर्या'

यूँ ही लिखते हुए अपना,

दिन बिताता हूँ;

कहीं रुक जाये कलम,

तो गुनगुनाता हूँ;

सफ़र लम्बा है, वक़्त गुजरेगा कैसे,

इसलिए बस लिखता जाता हूँ !!

हो विकट समय,

तो खुद को आज़माता हूँ,

सीना तान खड़ा हूँ कंटीले रास्तों पर,

कहाँ डगमगाता हूँ ?

'इब्तिदा'

जज्बातों की गहरायी मापने,

अक्सर दिलों में उतर जाता हूँ;

37

बिन जाम, हर शाम, रौनक लग जाये....

जब भी लिखने को कलम उठाता हूँ;

शायरी पेशा नहीं मगर,

हर नज़्म पेशेवर बनाता हूँ;

हीरे मोतियों की कहाँ चमक इतनी,

मैं तो शब्दों के ज़ेवर बनाता हूँ;

सब कहते हैं मैं यूँ ही,

बातों का अम्बार लगता हूँ...

सफ़र लम्बा है, वक़्त गुजरेगा कैसे,

इसलिए बस लिखता जाता हूँ !!

38

'तकदीर का दरवाज़ा'

मैं भी मौजूद था तकदीर के दरवाज़े पर,

कई दौलत पर गिरे,

कईओं ने दिलबर-ए-दीदार माँगा,

मैंने माँ-बाप देने के लिए शुक्रिया कहा.....

और ताउम्र उनका दुलार माँगा !!

'परिंदा'

वो नही थी, तो जीना भी नहीं था,

उसके होने से ही तो जिंदा है ज़िन्दगी,

बंद कर के तो देखें इसे इश्क़ के पिंजरे में....

कभी नही उड़ेगा ऐसा परिंदा है ज़िन्दगी !!

39

'इत्मिनान'

कभी आकाश में नज़र सितारे नही आते,

कभी पन्नों पर लफ्ज़ उतारे नही जाते,

होना ही पड़ता है दो-दो हाथ ज़िन्दगी से,,,,

सब लम्हे इत्मिनान से गुज़ारे नहीं जाते !!

'ख्वाहिश'

बंध ही गये तारीफों के पुल,

अपने हुनर की जब आज़माइश की,

दुनिया जीतने की तमन्ना नहीं, मैंने

बस मुस्कराहट जीतने की ख्वाहिश की !!

'भगत'

मैं भगत का कैसे मुरीद न होता,

वो कैसे मेरे दिल के इतना करीब न होता,

वो परवाह अपनी करता अगर वतन से पहले...

तो रस्सी को चूम यूँ शहीद न होता !!

'बंजर'

कल निकला शहर घूमने,

तो ऐसा मंज़र देखा,

मैंने कंक्रीट के जंगलों को खिलते.......

और खेतों की ज़मीन को बंजर देखा !!

41

'कुदरत'

सात समंदर घूमते हैं बादल,

कुछ बूँदें पानी की गिराने के लिए;

सूरज रात भर इंतज़ार करता है,

सुबह सिर ऊँचा उठाने के लिए;

दोपहर भर चाहे आराम फरमाती है कुदरत....

शाम होते ही चली आती है शबनम गिराने के लिए

!!

'इब्तिदा'

'क़यामत'

76

जिन्हें समंदरों को काबू करने का हुनर आता है,

लहरें निकल जाया करती हैं उनसे भी किनारा करके,

तबाह हो जाते हैं बवंडरों में वो भी....

जो कभी हवाओं का रुख बदल देते थे इशारा करके

!!

42

'समेटना-बिखेरना'

एक बार जो कोई अपना कह दे,

उससे मुँह फेरना हमे कहाँ आता है,

दुनिया की झूठी तस्वीरें उकेरना,

हमे कहाँ आता है,

खेल हम बस शब्दों का खेलते हैं,

वर्ना.....

जोड़ना-तोड़ना, समेटना-बिखेरना हमें कहाँ आता है
!!

'समेटना-बिखेरना'

‘इब्तिदा’

‘नज़रंदाज़’

78

हम उन्हें नज़रंदाज़ करते हैं,

लोगों को यह शिकवा है,

हमें तो खुद से मिले हुए अर्सा हो गया है...

उन्हें क्या पता !!

43

'मोहब्बत'

हर लिखी पंक्ति नज़्म नहीं होती,

खैरात में मिली दौलत हज्म नहीं होती,

चाहे लाख कोशिश करलें ज़माने भर के लोग....

नफरत की आग से मोहब्बत भस्म नहीं होती !!

'चंद्रयान-२'

माना, चर्चे खूबसूरती के बहुत तुम्हारे हैं,

तुम्हें पा न सके फिर भी कहाँ हारे हैं,

लौट कर फिर आयेंगे तुम्हें आगोश में लेने...

ऐ चाँद ! हम भी तो सच्चे आशिक तुम्हारे हैं ||

44

'चाँद'

सुबह चला जाता है वो उनके उठते ही,

उसे रोज़ रात को उनकी छत पर जो आना है,

जिसको पाने की चाहत सबकी है...

वो चाँद तो खुद उसका दीवाना है !!

उसका अक्स आधी हकीकत आधा फ़साना है,

इसीलिए कमबख्त चाँद भी उसका दीवाना है,

चाँद ने भी ज़िद्द पकड़ ली है उसे देखने के बाद...

कि उसे भी अब पृथ्वी पर आना है !!

'इत्र की बोतल'

बोतल खुली है इत्र की,

या तुम गुज़री हो पास से,

घाव दिल पर क्यों हुआ है ग़ालिब...?

खुशबु तो टकराई थी साँस से !!

45

'इसी का नाम मोहब्बत'

मेरे चरित्र पर सवाल उठा,

तुमने माँगा नही जवाब,

कहीं कम रह गया था प्यार,

वहीँ कर लेते न हिसाब,

मैंने किया, उसने जान लिया,

इसी का नाम मोहब्बत है वर्ना.....

जो साबित करना पड़े वो कैसा इश्क़ हुआ जनाब !!

'इसी का नाम मोहब्बत'

'इब्तिदा'

'मेरी सारी ख़ुशियाँ'

83

ऐ ख़ुदा !! मेरे रिश्ते में ऐसी बात हो,

मैं सोचूँ और वो मेरे पास हो,

मेरी सारी ख़ुशियाँ उसको मिल जाएँ...

अगर वो दो पल भी उदास हो !!

46

'मंज़र'

उदास होते हैं तो करार मिलता है,

ख़ुश होते हैं जब भी प्यार मिलता है,

गुज़र रहे हैं ज़िन्दगी के ऐसे मंज़र से....

जहाँ एक ज़ख्म भरता नहीं कि दूसरा तैयार मिलता
है !!

'कारोबार'

मोहब्बत के आज-कल कारोबार होते हैं,

भरोसा, इज्ज़त इसमें अमूमन उधार होते हैं,

होतीं हैं खुशियाँ इसमें हल्की-फुलकी सीं.....

मगर आँसू हमेशा वज़नदार होते हैं !!

47

'शर्त'

शर्त लगी थी महफ़िल में,

'सुकून' को दो शब्दों में लिखने की...

वहां मौजूद सभी हार गये....

मैंने जैसे ही कागज़ पर घर लिखा !!

'सितारा बनके'

ज़िन्दगी जीने के दो ही तरीक़े हैं,

अपने ख्वाबों को हकीक़त के धरातल पर उतारो,

या बिता लो सिर्फ गुज़ारा करके;

चाहो तो जलते रहो सूरज की भांति,

या चमको आकाश में सितारा बनके !!

48

'मोड़ ज़िन्दगी का'

न जाने ज़िन्दगी किस मोड़ पर ले आई है,

ज़िन्दा भी नही हूँ...

न अभी मौत आई है !!

'ख्याल'

आज हमारी आँखों को ख्याल तुम्हारा आया,

उठते-सोते मन में बस सवाल तुम्हारा आया,

दिख रही थी हाथों में तस्वीर तुम्हारी....

मैं चूमने लगा तो सामने गाल तुम्हारा आया !!

49

'देर करदी'

देर करदी तुमने,

मेरी ज़िन्दगी में आने में.

मौत ने ज़रा भी वक़्त नहीं लिया......

मेरी ज़िन्दगी ले जाने में !!

'खाक'

खाक में मिल गये,

सारे अरमान मोहब्बत के....

इश्क़ उसका जला कर राख कर गया !!

पंक्तियाँ

50

- रात अगर रात की तरह हो.....तो सवेरा
किसे चाहिए ग़ालिब ?

कोई सितारा, कोई जुगनू, कोई चाँद तो हो

!!

- कभी आवाज़ तक न आने देते थे सिसकियों
की,

आज खामोश भी रहते हैं तो शोर मच जाता
है !!

- इनाम,

परिणामों को दिए जाते हैं यहाँ पर
ग़ालिब.....
कोशिशों की क़द्र कहाँ इस ज़माने को !!

'इब्तिदा'

- साथ बैठ कर खाना खाने से प्यार कैसे
  बढ़ेगा ग़ालिब ??
  मैंने डाइनिंग टेबल पर भी सभी के हाथों में
  मोबाइल देखें हैं !!

- मेरा अनुभव कहता है कि

  हमेशा झूठ बोलते रहो.....
  सच बोलने से अक्सर रूठ जाते हैं लोग !!

52

- ऐसा ही तराजू है ज़िन्दगी का,

  कभी फ़र्ज़ भरी हैं....कभी अरमान !!

- जनाब!! तहज़ीब कम नहीं हुई नई पीढ़ी की,

  सिर तो आज भी झुकते हैं नौजवानों के....

  मगर मोबाइल चलाने के लिए !!

- यकीन मत करना कोई कहे अगर,

  परछाई की तरह साथ निभाएंगे,

  रोशनी में तो पास रहेंगे.....

  अँधेरा होते ही वो भी गायब हो जायेंगे !!

- फायदे का सौदा हो तो सारी दुनिया हाँ करती है,

  बेवजह प्यार तो सिर्फ माँ करती है !!

53

- इस क़द्र आवाज़ निकली दिल से,

  मैंने दस तक गिना.....

  और उसने 'दस्तक' दे दी !!

- काश हम लोग राजनीति से परे होते,

  न हिन्दू भगवां, न मुसलमान हरे होते !!

- मयखाने में लगी भीड़ गवाह है,

  गम भुलाने की आज भी एक दवा है !!

- उनका असर ऐसा हुआ है मुझपर,

  मैं सो जाता हूँ.....

  तो उनके ख्वाब चले आते हैं !!

54

- मुझे लगता नही आज सूरज को निकलने की ज़रूरत है,

  उनका चेहरा दिख गया अब पूरा दिन खुबसूरत है !!

- कोई आया ही नही था मेरी ज़िन्दगी में,

  समझाया कई दफा दिल को...

  झूठ कितना सुकून देता है,

  यह उस दिन पता चला !!

- कहीं हँसते-हँसते मजाक बन कर न रह जाये ज़िन्दगी,

  इसलिए....

  वक़्त निकालकर रो लेता हूँ कभी-कभी !!

- एक झूठ- सा नज़र आता है उसकी हँसी में,

  सच पूछो तो मुस्कुरा कर दिखा देती है !!

55

- मैंने ज़िन्दगी जीने के मायने बदल दिए,

  चेहरा वही रखा....

  बस आईने बदल दिए !!

- दो पल फुर्सत के ढूँढने निकले थे,

  ज़िन्दगी के मेले में सुकून ही कहीं खो
  गया !!

- झूठ तो यूँ ही बदनाम है,

  रिश्ते तोड़ना तो आधे सच का काम है !!

- किताबों का सफ़र 'खिताबों' तक सीमित
  होता है,

  मंज़िल तक पहुँचाने में ख्वाबों की
  भूमिका ज्यादा है !!

56

- जो कहता है प्यार सब पर भारी है,

  कभी जिम्मेदारियों का बोझ नहीं उठाया उसने !!

- मोहब्बत की दुकान भी अजीब है साहेब !!

  यहाँ ख्वाब सस्ते और नींदें महंगी हैं ||

- इस कदर घुल गयी है मुझमे वो....

  कि हवा भी अब ज़हरीली लगने लगी है !!

- ग़ालिब की गज़लों- सी है ज़िन्दगी मेरी...

  ज्यादा बड़ी नहीं है....
  मगर गहरी ज़रूर है !!

57

- जब ज़िन्दगी में कुछ सही न हो रहा हो,

  सबसे बेहतरीन तभी लिखा जाता है !!

- क्या चीज़ है न पानी भी,

  आँख से आये तो आँसू...

  बादल से बहे तो बारिश !!

- मानो वो रेत ही थी,

  जितना पकड़ना चाहा....

  उतनी ही फिसलती गयी !!

- कसीदे उनकी तारीफ़ में क्या पढ़ें
  जनाब.....

  उनकी खूबसूरती ऐसी किसी को भी
  शायर बना दे !!

58

- कब तक किसी के पीछे भागते रहोगे
मोहब्बत पाने के लिए,

कभी खुद से इश्क़ करके देखो....

वादा है पछताओगे नहीं !!

- काँटे तो यूँ ही बदनाम हैं,

चुभते तो वो फ़ैसले हैं जो जल्दबाज़ी में
लिए जाएँ !!

- घाव कितने भी गहरे क्यों न हों,

आँखों से टपके आँसू काफी हैं इन्हें भरने
के लिए !!

- जब कामयाबी से कोसों दूर हम,

दर-दर की ठोकरें खाने लगे,

गैरों में तो लहर-ए-जश्न थी....

हमे अपने भी खरी-खोटी सुनाने लगे !!

59

- स्वागत में उसके, परिंदों की बारात आई
है,

  कुदरत ने भी आसमान में लालिमा
बिखराई है,

  आखिर एक दिन के बाद.....

  देखो शाम आई है !!

- ज़िन्दगी कौड़ी के भाव और मौत महँगी
दिखे...

  क्या मंज़र हो अगर ये दोनों भी बाज़ारों
में बिकें ??

- अनजाने में दिमाग से एक खता हो
गयी...

  छुपानी थी जो बात दिल से,

  बता हो गयी !!

'इब्तिदा'

- तसल्ली करना सीख लीजिये जनाब !!

अगर इश्क़ में हैं तो,

उल्फ़त में उजलत अच्छी नहीं होती !!

60

- इश्क़ मेरा मुसलसल था,

  तेरा आज नहीं है....

  बस कल था !!

- ऐसा नहीं कि हम तेरे बिना जी नहीं
  सकते,

  हम तेरे बिना जीना नहीं चाहते !!

- जो चीज़ कभी हमारी नहीं होती,

  हमेशा उसी से प्यार होता है !!

- दिन चढ़ा है, रात भी होगी,

  रूठी हो तुम, लेकिन बात भी होगी,

  चलो बिछड़ना है तो बिछड़ जाओ....

  खुदा ने चाहा तो मुलाकात भी होगी !!

61

- इश्क़ को पीया, वो शराब हो गयी,

  जब से इश्क़ किया, ज़िन्दगी खराब हो गयी !!

- उसने कहा, मैंने सुना.....

  इतने में कहा-सुनी हो गयी !!

- भुला कर सारे गिले शिकवे और ग़म,

  ऐ ज़िन्दगी !! तुझे जीना चाहते हैं हम ||

- सब कुछ पाया मैंने,

  कभी लज्ज़त कभी गिला...

  जिसे बेतहाशा चाहा,

  बस वो ही नहीं मिला !!

62

- जब तक ज़माना चाहेगा, तब तक उसे हसाएंगे,

  अगर मर हम गये.....

  तब भी 'मरहम' लगा कर जायेंगे !!

- करनी मुझे खुदा से फरियाद बाकी है,

  कहनी मुझे उससे एक बात बाकी है,

  दो पल रुक तो ज़रा, ऐ मौत....

  मेरी दिलरुबा से मेरी मुलाक़ात बाकी है !!

- साँसें तो मेरी कब कीं चल रहीं थीं,

  मगर जीना हमने तेरे आने के बाद से शुरू किया !!

- मेरे हाथों की लकीरों में अब कुछ नही बचा,

  तूने जो छुआ था बस उसी का एहसास बाकी है !!

- मेरी कलम से मुझको इबादत हो गयी,

  उसके जाने के बाद लिखने की आदत हो
  गयी !!

- लाख ढूंढने पर भी ग़म नहीं मिलेंगे,

  तेरी यादों ने कई मरहम लगाये हैं,

  चोट के निशान भी कहीं मिलेंगे नही...

  क्योंकि ज़ख्म हमने दिल पर खाए हैं !!

- हमसफर हो तो आईने जैसा,

  हँसे भी साथ, और रोये भी !!

- मेरी चाहत इतनी भी महंगी नहीं थी,

  बस ज़रा- सा गुरूर तो बेचना था !!

64

- शमशीर से भी तेज़ था वार लोगों की जुबां का,

  दिल लगी चोट गवाही देती है,

  चुप रहता हूँ मैं सब सुनकर भी....

  कलम के साथ मिलकर, जवाब.....स्याही देती है !!

- किसी के मांगने से खैरात में मिल जाये,

  इश्क़ इस मुफलिस का इतना भी सस्ता नहीं !!

- उसकी यादों की राख गवाही देती है,

  दिल तो जला था....

  चाहे धुआँ नहीं उठा !!

'इब्तिदा'

- देख लेता हूँ माँ में देवी,

  पिता में देव....

  क्यूंकि मुझे मूर्तियों में भगवान नहीं
  दिखते !!

65

- चाहे ले लो तलाशी दिल की हज़ार बार,

  तुम्हें प्यार के सिवा इसमें कुछ नहीं मिलेगा !!

- मेरे आस-पास भीड़ थी, वो लौट गयी यह देख कर....

  ज़रा रुक जाती तो पता चलता कितना अकेला था मैं !!

- तुझे भूल गया हूं, कहीं भूल ना जाऊं...
  भूल गयी हो, कहीं भूल न जाओ...

  एक शायरी इसलिए तेरे ख़िलाफ़ लिखता हूँ रोज़ !!

- मुझे बेगाना कहने वाले ऐ शख़्स,

  मुझसे दूर जाने के बाद तुझे पहचानेगा कौन ??

* वो रहती है आबाद किताबों में मेरी,

  मैं रहता हूँ खोया ख्वाबों में उसके !!

* कभी पढ़ूंगा बुढापे में कवितायेँ अपनी, तो

  याद आएगा तुम भी कभी मेरी थी !!

* उसको फुर्सत नहीं है ख़्वाब लेने से,

  वो जो एक शख़्स मेरे ख्वाबों में रहता है
  !!

67

- कुछ माँ-बाप को दिया, कुछ बहन को

  तेरे लिए....प्यार हम लाते कहाँ से !!

- हमें शराब की ज़रूरत कहाँ पड़ती है,

  हम शायरों को तो सिर्फ़

  शायरी चढ़ती है !!

- इश्क़ से बड़ा कोई रोग नहीं,

  लौट कर यादें आती हैं....

  लोग नहीं !!

- दर्द, माहिर खिलाड़ी है छुपन-छुपाई का.....

  मैं छुपता ही हूँ, कि ढूंढ लेता है !!

68

- हर चेहरे में होते हैं कई चेहरे, बस

  दिखाने वाला अपनी ज़रूरतों के हिसाब
  से दिखाता है !!

- सता रहे हैं आज फिर ख़्वाब उसके,

  जाओ कोई जा कर शराब ले आओ !!

- दुपट्टे से बड़ा कोई आशिक़ न होता,

  अगर जिस्म से लिपटना ही मोहब्बत
  होता !!

- बड़े दिनों से रोया नहीं हूँ,

  सोच रहा हूँ फिर से मोहब्बत करलूं !!

69

- मोहब्बत का गणित भी कमाल है ग़ालिब !!

  यहाँ दो में से एक जाये तो कुछ नहीं बचता ||

- बच्चे थे तो फ़ैसले लेने की इजाज़त नहीं थी,

  बड़े हुए तो, सारे फ़ैसले हो चुके थे !!

- उसकी मोहब्बत ने ऐसा ज़ख्म दिया है,

  कि पहली बार खुद के लिए दुआ माँगी है !!

- चलो साथ में दरगाह पर चलते हैं,

  तुम दुआ माँगना, मैं तुम्हें मांगूंगा !!

70

- मत लिखना मेरी कब्र पर मेरा नाम,

  मैं जी रहा हूँ शान से, मगर मरना है
  गुमनाम !!

- उसने कहा, तुमसे मोहब्बत करती हूँ

  कितने दिनों के लिए,

  मैंने भी पूछ लिया ||

- कैसे कह दूँ मुमकिन नहीं है दूसरी बार
  मोहब्बत,

  इन्सान की तो फितरत है गलतियाँ
  दोहराने की !!

- वो नशा है, और मैं पीता नहीं...
  हमारी प्रेम कहानी बस इतनी ही है !!

71

- सुबह को इंकार कर के,
मुझे रातों से इकरार करना है,
इश्क़ करते हैं लोग अंधेरे में...
मुझे 'अंधेरे 'से प्यार करना है !!

- सौदा इश्क़ का इतना भी महंगा नहीं था,
बस उसके आंसू खरीदे थे हमनें,
अपनी मुस्कुराहट बेच कर !!

- ज़मीन मंहगी थी, किसी ने खरीदी नहीं;
ज़मीर सस्ता था...इसीलिए बिक गया !!

- ज़िम्मेदारियां काफी हैं सुबह नींद से
जगाने के लिए,
अब अलार्म की ज़रुरत नहीं पड़ती !!

- सिर्फ एक शिकायत रही, और कोई ग़म न हुआ,
फासला मेरी औकात और शौक का ज़रा

  भी कम न हुआ !!

- माचिस की ज़रूरत नहीं पड़ती अब,
नफरतें काफ़ी हैं पूरा शहर जलाने के लिए !!

- साल में एक बार जलता है रावण तो,
कमबख़्त दिल तो रोज़ जलता है !!

- शायद उसकी चाय का आखिरी घूंट था मैं,
यूं ही कप में छोड़ गई !!

- वो पहनती तो है मेरी दी हुई घड़ी,
मगर "वक़्त नहीं है",
ऐसा कहती है रोज़ !!

- हमेशा प्यार करूंगा/करूंगी में
  'हमेशा '.....
  हमेशा के लिए नहीं होता !!

- कौन करेगा गंदी निगाहों से हिफाज़त
  लड़कियों की ?
  घूंघट - बुरखा
  अब नाकाफी सा लगता है !!

- ढूंढ रहा था खोए हुए पैसे ज़मीन पर,
  लोगों का ज़मीर वहां मुझे गिरा पड़ा
  मिला !!

- नए ज़माने की शतरंज बड़ी अनोखी है
  जनाब,
  अपने ही चाल चल कर अपनों को मार
  देते हैं !

एक संदेश: पाठकों के नाम

प्रिय पाठकों,

मुझे उम्मीद है की मेरी पहली पुस्तक 'इब्तिदा' में आप लोगों को मेरा काम सराहनीय लगा है | मैं आशा करता हूँ कि आने वाले समय में भी मुझे आप लोगों का सहयोग इसी प्रकार से मिलता रहेगा | यह मेरी पहली स्वरचित पुस्तक है | मैं वादा करता हूँ कि भविष्य में मैं और भी निष्ठा व परिश्रम के साथ आप लोगों के लिए उत्तम रचनाओं को लिखने का प्रयास करूंगा | आप लोगों का अभिमुल्याँ ही मेरी प्रेरणा का स्त्रोत है |

धन्यवाद !!